꽃도 물빛을 낯가림한다

도서출판
작가마을

사이펀의 시인들 1

꽃도 물빛을 낯가림한다

초판인쇄 | 2017년 7월 10일 **초판발행** | 2017년 7월 20일
지은이 | 유병근 **기획** | 계간 사이펀 **주간** | 배재경 **펴낸이** | 배재도 **펴낸곳** | 도서출판 작가마을
등 록 | 2002년 8월 29일(제 2002-000012호)
주 소 | 부산광역시 중구 대청로 141번길 15-1 대륙빌딩 301호
　　　　　T. 051)248-4145, 2598 F. 051)248-0723 E. seepoet@hanmail.net

국립중앙도서관 출판예정도서목록(CIP)

꽃도 물빛을 낯가림 한다 / 지은이: 유병근. — 부산 : 작가마을, 2017
　　p. ;　cm. — (사이펀의 시인들 ; 1)

ISBN 979-11-5606-073-4 03810 : ₩10000

한국 현대시[韓國 現代詩]
811.62-KDC6
895.714-DDC23　　　　　　　　　　CIP2017015269

본 도서는 부산광역시, 부산문화재단 지역문화예술특성화사업으로 지원을 받았습니다.

사이펀의 시인들 1

꽃도 물빛을 낯가림한다

유병근 시집

허무도 적막도 아닌

빈 그릇 하나

그냥 요렇게 찌그러진,

2017년 여름 들면서

유 병 근

유병근 시집

• 차례

꽃도 물빛을 낯가림한다

유병근 시집

꽃도 물빛을 낮가림한다

제1부

모래집물 같은

옛날 그 이전의 토굴 밖에 오는
비를 보고 있어요 비가 되어 떨어지는
옛날을 보고 있어요 젖은 옛날이
토닥토닥 떨어지고 있어요 수채 구멍을 지나
도랑을 지나 그 옛날 부치던
논두렁을 지나가고 있어요
벼가 좀 알이 통통하다고 아버지가 말하고
알이 밴 어머니의 뱃속에서 나는
오늘 내일하고 모래집물이 터질 순간을
재고 있어요 괄호 닫고 괄호 열고에
마음 졸이고 있어요 몇 날의 꾸물거림과
아직 더 꾸물거릴 며칠에서 벗어날
괄호 열고 닫고를 기다리고 있어요
괄호 밖에 우두커니 비가 오고 있어요
모래집물 같은 비
소매 끝으로 빗방울을 훔치는 어머니
논두렁 이랑마다에 잠겨 있어요

윤동주 지금

이 방에는 탁자 하나 있다고 쓴다
탁자 이쪽의 걸상 하나 있다고 쓴다
탁자 저쪽의 낡아 삐걱거리는 걸상 하나
삐걱거릴 때마다 신음소리가 터진다고 쓴다
오 촉짜리 알전구 하나 숨죽인
찌그러진 물통 거꾸로 뒤집힌 이 방에는
이 방을 옭아매는 오랏줄 하나 못에 걸린
걸린 그대로 흔들거리는 이 방에는
손톱 발톱 뽑아대는 장도리와
목울대를 비트는 붉은 눈알이 있다고 쓴다
물구나무 세운 코 입
물통 들이킨 숨 헐떡거린다고 쓴다
벽 여기저기 섬섬 기어다니는
거머리와 바퀴벌레와 엉클어진 지네와
검은 핏덩이와 신음소리로 오싹한
외마디 쓰러져가는 아비규환이라고 쓴다
무시무시한 고독이라고 쓴다

저 아지랑이

저 아지랑이가 왜 우는지
울음을 소재로 수필 하나 써야겠다
저 아지랑이가 왜 웃는지
웃음을 소재로 수필 하나 써야겠다
울음이 말라버린 웃음이 말라버린
저 아지랑이를 중심으로 써야겠다
햇빛 달빛을 다 잃은 장막 속
실루엣 같은 울음이 웃음이 보이지 않는
민낯만 어슴푸레 비치는 저 아지랑이
어저껜 산을 타다가 표정을 놓아버린
바위를 보았다 우는지 웃는지
분간할 수 없이 근육 마비된 바위가
저 아지랑이다 쓰려던 수필은
접어두고 마비된 근육이 얼음 풀리듯
풀리는 실마리가 더 궁금하다
비둘기처럼 날지 못하는
서툰 날갯짓 그냥 접어야 했다

모처럼 쪽지

눈사람이 아닌 구름 속 지구를 굴리고 있어요

지구 저편의 아우성을 여기서 저기로 굴리고 있어요

저무는 날과 기우는 날과 찢어진 아비규환, 굴리다가 뭉그러진 손톱, 굴리다가 닳아버린 손바닥 발바닥을 굴리고 있어요

뭉그러진 시간의 진물 터진 내장을 굴리고 있어요

해가 저물어 달이 되고 달이 기울어 해가 되는 이천 열일곱 개의 오리무중

굴리다가 목마른 시간, 어쩌다 굴러가지 않는 구름을 굴리고 있어요

이상한 손짓 발짓과 힘 겨루고 있어요

한낮의 까마귀울음 같은 구름이에요

이만 굴리나 마나 망설이는 우유부단을 까마귀는 조금 전에도 울고 갔어요

단음절 같은 구절과 장음절 같은 구절의 까마귀울음을 굴리고 있어요

굴러가는 세상의 낭떠러지를 다람쥐 쳇바퀴 굴리듯 굴리고 있어요

찔레꽃 하얀 골목은 멀어도 너무 먼 옛날이에요

먼 곳

이유도 모르는 구름이 떠 있다

삽을 어깨에 멘 노역꾼들의 어둠 같은 말소리가 구름
아래 지나간다

두런거리는 바람을 지나간다

어제 뜬 달이 말소리에 매달린다

엎드려 종이편지를 쓴다

A+도 식후경이다 법철학자 김병규는 「역사의 먼지」라
는 펜을 든다 먼지의 미학을 듣는 날은 찢어진 휴지와 쓸
쓸하게 굴러가는 먼지를 본다

어제처럼 나는 게으르고 게오르규의 「25시」를 읽은 날
에 꼬리표를 단다

쌓인 먼지 너부러진 휴지 뒹구는 쓰레기를 꼬리표에 붙
인다 그것은 그런대로 본색이다

나는 지금 본색을 쓴다 쓰다가 쓰지 않아도 되는, 무엇
이 되고 아니되고를 가리지 않는

먼지와 휴지와 쓰레기로 떠도는 우왕좌왕

헷갈리우스에게 가고 있다

나무가 서 있다

　나무 한 그루 빈 들판에 서 있다 여기 아닌 저기 서 있다 일방통행이거나 산전수전 같은 산을 넘고 물을 건너온 나무는 들판이 심심할까봐 서 있다 하마터면 나무 아니다 모르는 일이다 모르는 일이라는 이름을 달고 서 있다 이쪽에 있던 길이 사라지고 저쪽에도 사라지는 길이 있다 길에서 피는 꽃이 사라진다 포크레인이 지나가다가 지워버린 길에는 포크레인 이빨자국 같은 어금니가 걸려 있다 빛나던 사람들은 하나 둘 사라지고 나무 한 그루 들판 가운데 서 있다 들판이 심심할까 봐 심심하지 말자고 서 있다 바람에 흔들리며 서 있다 태풍이 어쩌면 올 것도 같다 태풍을 예감하는 나무 한 그루 서 있다 옛날 옛적부터는 아니고 들판에 서 있는 나무는 들판에만 시종일관 서 있다 들판이 너무 심심하다고 심심풀이 같은 나무, 생각 깊은 몸을 추스르고 있다

낯선 아우라

지금 조금씩 호들갑스럽다
아무것도 아닌 것에 호들갑스럽고
아무것도 긴 것은 길다고 호들갑스럽다
동쪽과 서쪽에 호들갑스럽다
남쪽 지렛대는 어쩌다 기울어진다
북쪽 지렛대 또한 어쩌다 기울어진다
타르tar라는 구덩이 속으로 기울어지고
언제였는지 액션드라마에 기울어지고
액션이라는 말에 전력투구하는
반쯤 정신 기울어지다가 빗나가다가 돌아앉는
혼자만의 밥상 혼자만의 산책 혼자만의 독서
혼자만의 아우라, 지금 지구 어디에서는
땅이 갈라지고 갈라진 틈새로 기웃하게
소문도 없이 집이 기울어지고 있다
기운 것은 기운 호들갑을 떨고 있다
호들갑 떠는 사람들이 그릇을 씻고 있다
낯선 아우라를 헹구고 있다

꽃으로 가린

  나무가 서 있다 서 있는 것과 앉아 있는 것의 왈가왈부
는 서고 앉는 것일 뿐, 그러니까 말이다 어제 그 사건의
행적은 애매하다 모호한 두루마리다 그 싸움패거리는 싸
움에 싸움으로 끝나는 거다 봄소식을 찾아오는 계절성 풍
문은 풍문만은 아니다 몸살이다 국기애 대하여 우리의 맹
서는 시작되었다 적다가 접어둔 문제된 필기체와 단단한
인쇄체는 아직 유효하다 온다던 그는 오지 않는다 피는
듯 시든 목련꽃 망울이 떨어져 있다 떨어진 증권시세는
바닥을 친다 좀은 심각하게 좀은 느슨하게 봄이 오는 듯
오지 않는다 더는 나갈 수 없는 길은 난간 저쪽에 걸려 있
다 마을 앞 둔치에도 걸려 있다 하루는 서고 하루는 지나
가는 구름을 본다 강물이 아득하다 강물을 본다 구름이
아득하다 구름과 강물이 어쩌다 아득하다 아는 것 모르는
것 틈새로 흘러가는 아는 것 모르는 것이 아득하다 그 싸
움패거리는 싸움패거리 끼리 아득하다 꽃으로 가린 반쪽
얼굴이 지나간다

댓글

창문은 싱겁게 열려 있다
읽어나가던 책갈피의 귀를 접는다
열린 창문 안으로
어제의 뉴스가 들어오고 있다
어제는 거듭 창문 쪽으로 기운다
어둠이 기울고 어제는 조금 더 어둠 쪽으로
어둠을 풀어놓는다
풀고 닫는 순서가 엇갈린 어제
어둠이 또 기운다 몇 번 더 거듭된다
읽던 책을 방바닥에 내려놓는다
그친 뒤 다시 오는 비를 본다
어둠이 까맣게 젖는다
열린 창문은 닫히지 않는다
자주 어긋나는 문지방 너머로
정보통신 간판은 어깨가 기웃하다
가까이 오는 듯 오지 않는다

이웃마을 동정

이웃마을 사람들이 집을 떠난다
한 가족이 떠나고 한 가족이 비운 집에
한 가족만큼 빈 구덕이 드러나고 있다
구덕 속에 갈앉은 바람이 몸을 웅크린다
아가리를 벌린 바람은 도래질을 하고 있다
도래질을 따라 그 다음 가족과
그 다음 가족들이 덩달아 짐을 싼다
아웃마을에는 짐을 싼 사람들이 지망도 없이
집을 떠난다 한 달 두 달 사이
빈 구덕이 된 이웃마을 사람들은
빈 구덕 이야기로 저물고 있다
이웃마을 사람들이 빈 구덕 허깨비에 묻히고 있다
때로는 눈발이 때로는 천둥벼락이
이웃마을 사람들의 다 낡은 신발을 던지고 있다
가마솥에 안친 보리쌀처럼
이웃마을 사람들이 누렇게 퍼지고 있다
수렁같은 빈 구덕을 삽질하고 있다
이웃마을 언덕에 밤마다 날아다니는 허깨비불이
텅 빈 구덕이 된 마을이름을 울고 있다

나무일기

　나무는 혼자 서 있다 혼자라는 말을 들은 듯 만 듯 어제 그 자리에 심심하게 서 있다 둘이 아니고 셋도 아니다 혼자 가는 해거름의 등에 걸린 기울어진 나무는 기울어진 생각으로 서 있다 구부러진 가지처럼 생각 몇은 허리께가 구부정하다 굽히지 않으려 치켜든 가지에서 하나 둘 잎이 떠난다 어제 오늘 사이 떠난 나뭇가지 틈에 걸린 바람 몇 가닥, 바람도 옆으로 기우뚱하다 옆으로 누운 기우뚱한 바다에서 기우뚱한 물소리가 손을 흔든다 어제 흔들고 오늘 다시 흔든다 기울어진 그냥 또 흔든다 나무를 따라 구름이 조금 기우뚱한 몸짓을 한다 혼자 가는 구름처럼 소문도 없이 혼자 멀어지는 구름을 보내고 있다 혼자 보내고 혼자 서 있는 나무의 애간장 터지는 쓸쓸함이 기울어지고 있다

육이오

그가 발 들여놓기도 전에
문이 닫힌다 먼저 들어간 그와
미처 들어가지 못한 그는
서로 안과 밖이다 밖에서 발 동동 구르는 그와
안에서 발 동동 구르는 그가 멀어지고 있다
엘에스티가 떠난 흥남부두에서 멀어지고
십이 열차가 떠난 부산역에서 멀어지고
영도다리 난간에서도 멀어졌다
멀어진 그대로 밤과 낮이 흘러가고
해와 달에게도 멀어졌다 이상한 날벼락처럼
누구는 여기서 누구는 거기서
잠자고 밥 먹는 사이에도 멀어졌다
하늘이 멀고 땅이 멀고 눈과 귀와 코가 멀어진다
날벼락에 대하여 몇 자 끼적이다가
쏟아지는 눈물 쏟아지는 통곡이라고
쓰고 또 고쳐 쓴다

빈 그릇

내 주전부리에
빨간 물감을 짓이겨 처바른다
노랗고 파란 물감도 덧칠한다
빨간 물감은 나이프로 긁어낸다
빨갛게 운을 띤 꽃잎이 떨어진다
노란 물감과 파란 물감 틈에
자라는 떡잎이 떨어진다
초승달이 보름달이 되는 동안
떨어진다 어쩌면 순서가 어긋난
떡잎 하나는 떡잎 하나의
주리를 튼다 다시 처음부터라고
빨간 물감을 덧칠한다
빨간 꽃잎이 눈을 뜨는 동안
내 주전부리에도 덧칠한다
노랗고 파란 물감을 덧칠하는
가시오가피는 어째 눈치도 없다
헹굴 것도 덧칠할 것도 없는
고욤나무 열매 하나
열쇠고리처럼 걸어둔다

하회河回기행

　길놀이의 끝 글자를 딴 말잇기 한 판 궁리하고 있어요
열린 춤가락은 방금 닫히는 소리를 하고 있어요 두 번 째
인 듯 세 번 째 춤가락이에요 두 번이든 세 번이든 흥겨
운 춤가락이라고 중얼거려요 이웃 마을에도 복사꽃이 잇
달아 피고 있어요 미처 다 새기지 못하는 분홍노랑분홍노
랑이에요 바람 속에서 꽃의 문이 열리고 닫히는 기별을
듣고 있어요 좀 어눌하게 말하는 바람을 듣고 있어요 바
람 속에서 물 흐르는 고요를 듣고 있어요 아무것도 듣지
못하고 보지 못한 시절은 가고 하늘천天과 따지地 사이 탈
춤의 위리안치에 묶인 날이 고요를 놓치지 않으려고 물하
河와 돌아올회回에서 머뭇거려요 물빛 속에도 열리고 닫
히는 춤가락이 있어요 하회河回소나무 한 그루 자란다는
소식을 추고 있어요 꽃은 피는 듯 지고 지는 듯 다시 피
어요 피고 지는 탈춤이라는 말이 입에서 입으로 건너다녀
요 느티나무 가지에 걸린 구름은 육백 년 느티나무라는
위패를 달고 있어요 육백 년 그 이전과 그 이후를 지긋이
넘보고 있어요 아무것도 넘볼 것이 없는 나는 넘볼 것이
없는 나를 들러리 서고 있어요

어디 이야기

어디라는 또래와 지금 손잡는다 당연하다는 신호가 온다 어디와 밥 먹고 어디라는 이름과 논다 무궁화 꽃이 피었습니다 논다 아니라고 빙정거리는 또래와도 논다 무궁화 꽃은 언제 어디서 피나 참새 한 마리 참새 두 마리 짝지어 간다 어디서 어디로 무궁화 꽃 찾으러간다 때가 아니라고 말할 순 없다 없는 이유는 없는 이유와 함께 어울려 논다 마땅한 일이다 어제 먹은 상추쌈 집밥이 마땅하다 얼어 굳었던 봄동 겉절이를 젓가락으로 집었다 마루 끝에 올라앉은 햇볕을 집었다 발버둥처럼 꼼지락거리는 햇볕의 등을 쓰다듬었다 무궁화 꽃이 피었습니다 어디 어디라는 그곳은 조금 낯설다 낯선 술래놀이다 낯선 또래들이 지나간다 그런 또래들이라고 점찍는다 점이 된 어디와 어디는 기지개를 켠다 어디만큼 가만히 하품을 한다 할 말은 접고 접은 할 말은 침묵파일에 집어넣는다 침묵과 손잡는다 몇 메가비트인지 짐작할 수 없는 침묵의 깊이에 머리 맞대고 눈 끔벅거린다

진술서를 쓴다

어찌 되는지 모르는 진술서를 쓴다 고드름을 이고 오는 산다화는 붉다고 쓴다 아닌 것은 아니라고 한 칸 자리를 띄운다 띄운 빈칸은 다시 메운다 모르는 것이 된 어리둥절한 구절의 꽁무니는 알듯 말듯 모른다 한 칸 끌어내리고 두 칸 끌어내린다 모르는 것은 안개 속이라고 무중기적을 울리 듯 쓴다 해운대 개펄에서 모래와 동거했다고 쓴다 갈매기가 날아와 심심하게 앉더라고 쓴다 겨울따라지 겨울떠돌이 겨울벙거지 등 겨울돌림자를 모래에 끼적인다 오늘 아닌 어제, 오늘은 어쩌다 진술서를 쓴다 어떻게 되는지도 모르는 발칙한 고드름을 쓴다 고드름이 아닌 서릿발을 쓴다 서릿발도 지겨워 다시 고드름 편에서 고드름에 끼어드는 햇빛을 쓴다 사라진 햇빛은 어떻게 쓰나 사라진 것에는 아픔이 있다고 쓰다가 지운다 지운 바닥에 입술 부르트는 진술서를 쓴다 오늘 아니고 내일, 캄캄한 어둠 속 어둠의 씨알을 쓴다

우기雨氣

웅덩이 바닥에
개구리가 몇 마리 엎드려 있다
서로 거리를 두고 있다
서양에서 이주한 풀꽃은
웅덩이에 걸려 있다 낯선 데서는
꽃도 물빛을 낯가림 한다
수줍어하는 꽃을 보고 있다
시절을 모르고 어쩌면 느긋한
개구리는 철없이 웅덩이 속으로
자맥질을 한다 어느 사달이냐고 묻거나
따지지 않는 말하지 않는
세계는 왠지 흐린 날이 잦다
유비무환의 우산은
분홍 노랑 까망 파랑이다
내 손에는 유비무환이 없다
엎드린 개구리도 없다
다 닳아 무색하게 된 손금
비는 올 듯 오지 않는다

시인 아무개

어제 쓴 입춘대길이 걸려 있다
구겨져 물이 간 세상은 아직 겨울이다
그가 남긴 문자를 다시 읽는
땀 뻑뻑 흘리며 돼지국밥을 먹는
시인 아무개의 이름이 떠오른다
구름 너머 바다 너머 모래바람에 흔들리는
짐꾼들 두런거리는 소리를 듣는
떠도는 소문을 누군가 또 풍문을 튀긴다
길모퉁이에서 튀기는 박상
폭발한 강냉이 튀밥을 뒤집어쓴
강냉이가 된 길바닥과 강냉이 튀밥에 묻힌
시인 아무개도 길바닥을 튀긴다
풍지박상 된 강냉이 튀밥 속에 길이 있다
오솔길 같은 아득한 가락이 있다
사막 같은 세상 그렇고 그런
하늘 저쪽 사막에 우두커니 귀 기울이는
시인 아무개, 안녕하신지

제2부

달빛제祭

칠월 칠석을 앓고 있는
저녁 시간은 저녁으로 가고
항아리 속 웅얼거림 같은 까마득한
소리를 본다 항아리에 담근
간장 된장 숙성되는 소리는 가고
칠월칠석 저녁의 미리내를 건너는
견우직녀, 달빛이 그걸 받아
이 세상과 저 세상 사이를 뜸 들인다
피다가 절로 시드는 아픔을 모르고
시를 쓴다 그러니까 이 시는 가짜다
가짜이면서 가짜 아닌 척 탈을 둘러쓴
새블 발긔 다래 밤드리 노니*는
처용을 쓴다 초이레 저녁달에
달이 내려와 열병이 된 아득한
밟아도 지워지지 않는 달빛
환하게 떠오르는 물그릇
머리맡에 기울어진 아픔을 쓴다

*한국고전문학전 집 『향가/고려가요』(1977년 양우당) 참조

남천역

지금 남천역이다 꽃집이 없고
남천은 있다 가지를 더 크게 벌린 남천
우듬지의 바람은 2번 아니면 3번
출구에서 온다 사실은 그렇다
포켓몽을 찾는 아이들은 스마트폰에 눈을 꽂는다
남천은 말하자면 남쪽 하늘이다
그런 것 같고 아닌 것 같다
어쩌다 구름이 남천역을 도배질 한다
벽에 남천 그림을 걸고 남천이 키를 뽑아 올리는
꿈을 꾼다 꿈이 자라 천정에 닿고
2번인가 3번 출구는 남천 가지에 매달린다
화가 이중섭의 게는 아이의 꼬추를 물고 매달린다
남천역 너머 바다 건너
꼬추에 게를 매단 아이가 오고 있다

하얀 벽

 시간이 밋밋하다 밋밋한 시간에게 가서 앉는다 시간과
나는 밋밋하게 앉아 있다 누군지 알 수 없는 소식이 지나
간다 알 수 없는 방향에서 문자가 온다 어제도 들어온 스
팸이다 스팸깡통을 산 적도 있다 맛이 밋밋하다고 조금
더 후추를 치고 핫쏘스 한 스푼 더 끼얹은 샌드위치를 먹
었다 먹는 동안에도 시간이 지나가고 날이 개는 동안에도
지나간다 동쪽구름이 서쪽구름과 합궁한다는 말을 듣는
다 느긋하고 밋밋한 날이 거슬러 온다 아무 일도 아니고
아무 일도 아닌 오늘 읽은 수필 한 구절에 필이 꽂힌다 그
럴싸하다고 밑줄을 친다 고삐가 된 구절 하나는 또 다른
구절을 물고 온다 빈 액자 하나 하얀 벽에 걸려 있다 저
무는 날은 저무는 액자에 걸려 있다

다음에서 다음으로

다음에서 또 그 다음으로

꼬리를 문 다음과 그 다음의 이야기

그 다음을 지나가다가 지나가지 않는, 지나가지 않는
것은 지나가야 한다고 누가 편을 든다 그 다음의 다음에
거푸 편을 든다

모내기하듯 다음의 모종을 심는

다음에서 기지개 켜는 새싹을 본다 늦은 가을들판의 벼
그루터기, 푸르다

푸른 것은 푸새 푸른 것은 새털 푸른 것은 털모자, 말잇
기놀이 같은 말 지우기놀이 같은 다음 차례에서 누가 또
다음을 지나간다 지나간 털모자는 지나가지 않는다 아무
말도 하지 않는, 않는다를 귀에 달고 않는다의 수다를 입
에 먹음은

주전부리 하나

다음에서 다음으로 갈피를 넘긴다

싸락눈 일기

싸락눈을 지나가는 그가 있다

눈을 이고 눈덩이 같은 적막을 지나간다 조금 전이 아니고 지금

질퍽거리는 발을 끌고 여기부터 저기까지, 구름다리에 흔들리는 어지럼증을 지나간다

모질게-끈질기게-아릿하게, 그런 팻말 하나 싸락눈에 쓰러질 듯 기우뚱하다 팻말에 기댄 눈발은 하얀 벙거지를 쓰고 있다 싸락눈을 처바른 보호색은 가끔 빨간 눈알을 끔벅거린다

기차가 지나간다 신호에 멈추던 그가 지나간다 싸락눈에 흔들리는 까치울음을 지나 여기부터는 나룻배 저기부터는 구름다리가 지나간다

싸락눈 오는 하얀 빈칸에 모처럼 싸락눈이나 싸락싸락 뿌리고 있다

거울 속에는

창살 너머에는 세 칸으로 분리된 나무가 서 있다 참새 한 마리 맨 아래 칸에 날아 앉는다 아래 칸이 마음에 들지 않는지 맨 위 칸으로 자리를 옮긴다 아래쪽 계단에서 위쪽계단으로 옮아앉던 나를 참새에게서 본다 참새가 거울이다 비추어주는 거울은 비출 줄 모르는 거울을 생각한다 나뭇가지에 앉은 참새와 나뭇가지를 스치고 가는 바람의 날갯짓을 생각한다 구름처럼 떠도는 어제 오늘, 참새다 바람이다 인생은 나그네길이라는 노랫가락이다 맨 아래계단에서 맨 위 계단으로 자리를 옮기는 나그네다 자리에도 임자가 있다 총괄사장은 총괄사장의 자리, 무기수는 무기수의 자리다 그네타기처럼 맨 아래에서 맨 꼭대기로 껑충 치솟는다 바람처럼 구름처럼 날아가는 치맛자락이다 어디서 왔다가 어디로 날아가는 참새다 거울이란 말다시 쓴다 얼굴 하나 거울에 비치는 걸 본다 쭈글쭈글 매달린 주름살에 묻힌 눈알이 나 지금 거울 속 세상이라고 말하고 있다 손을 뻗어도 닿지 않는 어찌 보면 저승, 어찌 보면 징역살이 같은 날의 세 칸으로 분리된 감옥 하나, 거울 속에는 들리는 듯 들리지 않는 나무가 서 있다

그렇다 치자

이 구절은 모르는 것으로 치자 앞산 솔숲이 율동체조처럼 몸 흔드는 리듬을 모르는 것으로 치자 이 구절을 쓰는 동안 어디선가 문이 덜컹거리고 그릇 깨지는 소리가 나고 누군가 고함지르는 울대를 모르는 것으로 치자 모른다고 딱 잡아떼는 요즘 대세로는 안다는 말 함부로 입술에 걸지 않기로 하자 떡잎에 자라는 햇볕이나 소복소복 끌어오기로 하자 모르는 속의 아는 것 또한 입 닫기로 하자 어느 누구는 양산에서 밥 먹고 부산에서 시달리고 부산에서 밥 먹고 양산에서 시달리는 꼬불꼬불한 목줄은 그렇다 치자 천지사방 모르는 것으로 도배질하는 어제 오늘의 입방아를 알아도 그냥 모르는 것으로 가위표 치자 이 구절은 이 구절인 그냥 방목하기로 하자 함부로 이렇다 저렇다 귀엣말하는 세상 어디서 비바람이 불고 진흙에 뒹구는 개판세상 그렇다 치자 이상야릇한 이 구절 어느 마디 또한 이 구절 몫으로 그렇다 치자

오브제

팽나무 아래서 기침이 나온다

두 번 세 번

연속드라마는 이제 끝나고 다음 드라마가 맛보기를 한 장면 올려놓는다 맛보기는 달다 막대사탕을 물고 예고편 한 토막을 또 듣는다

시들한 어제 오늘

사닥다리 하나 팽나무 아래 쓰러져 있다

누울 자리 앉을 자리를 잃은 어쩌다 바람에 어쩌다 궂은비에 지친 눈뜬 아우라가 도처에 있다

바람이 아닌 비가 아닌 팽나무는 팽나무 이름으로 서 있다 왜 그런지 겨울이 오고 있다 일기예보도 없이 살다가 거덜 난 세상을 보고 있다

팽나무 하나는 팽나무 또래를 보고 있다

무엇이 어떻다고 말하지 않는 시간 속에서 시간이 가고 있다 저인망 같은 시간의 알갱이가 세상 밑바닥을 훑치고 있다

한쪽으로 기우는 팽나무

이 세상 어디가 기울어지고 있다

비바람 부딪치는 소리

이 구절 하나는 좀 그렇다
구절이 품고 있는 먹물 같은 거
먹물 저쪽의 어둠 같은
멀리 있는 바다가 흔들리고
방금 지나간 회오리에 흔들리고
흔들리는 바다를 지나간다
저문 날에 저무는 이 구절 하나는
지우개로 싹싹 지우기로 한다
며칠 전에도 남김없이 다 지운
빈 허우대가 된 문풍지
껍질만 남은 세상소리를 울린다
중심과 핵심의 줄글에
무엇이 어긋나고 어쩔 수 없는
어긋남을 울린다 어떤 울림은
틀니 같고 삭은 이 같고 임플란트 같다
지금부터는 사랑니 지금부터는
벌레가 기어간 충치
눈에 익은 밑줄을 친다

차렷과 쉬어 사이

눈꺼풀을 내리누르는 조름을 읽는다 문장을 짓밟고 흐
트러뜨리는 책을 읽는다 졸음을 걷어 책갈피 너머로 던진
다 문장에도 없는 졸음 던지기를 읽는다 던져버린 졸음을
껴입은 눈꺼풀이 다시 책장에 끼어든다 졸음과 책읽기 사
이, 어느 쪽이 무겁나 저울질 한다 책을 내려놓을까 저울
질 한다 바람이 문장을 읽어나가는지 읽던 책갈피가 제
혼자 가볍게 넘어간다 눈꺼풀을 내리누르는 졸음과 한 편
이 된 나는 소파에 길게 엎드러진다 베란다 문을 두들기
는 햇볕은 문을 열어달라고 서성거리고 있다 오냐오냐 햇
볕을 거실에 불러들인다 햇볕이 나를 길들이는지 내가 햇
볕을 길들이는지 반쯤 닫히고 반쯤 열린 눈꺼풀 안에서
차렷 쉬어, 구령이 들린다 유리문 밖 먼 길에 차량들이 지
나가고 나는 차렷도 아니고 쉬어도 아닌 엉거주춤한 맨손
동작을 한다 책을 다시 집어야 하나, 거실바닥에 엎드러
진 책은 햇볕을 등에 지고 졸음에 빠진 듯 편안하다

입술이라는 노래

생각에 잠긴 꽃대는
어제보다 조금 더 귀가 밝다
에스엔에스[SNS] 당원이 되지 못하고
생각하는 꽃대나 보고 있다
도톰한 꽃망울은 입술이 예쁘다
그의 입술을 보고 있다
입술이라는 노래를 듣고 있다
전에도 대여섯 번 들은 적이 있다
바람이 불고 바다가 성급하게
몸을 흔들곤 했다 지금 나는
꽃망울이 도톰하다고 혼잣말을 한다
꼿꼿한 척추를 보고 있다
세계의 한 뒤란에서 방금
터질 듯 매달린 울음을 보고 있다
뭔가 알듯 말듯 불완전명사를
눈엔 듯 가슴엔 듯 새기는
꽃대는 아까부터 연분홍이다
지난 계절을 말하고 있다

봄버들은 어디 갔나

모를 것 같은 아는 얼굴이다 특종뉴스 같은 그의 이름을 불러보기로 한다

강기슭에도 개미자리 한 포기, 그 개미자리는 아주 오래 전에도 그 이전에도 거기 있는 개미자리다 지루할 법도 하다 거기 있는 개미자리라서 거기 있다

그 자리에 서 있는 아는 얼굴은 모를 것도 같다 그렇다고 그냥 눈치로 말한다

바람이 자고 비도 그치고 어제 오지 않던 소식이 짤막하게 온다 오고 오지 않는 소식을 가리지 않기로 한다 그소식이 그 소식이라고 점찍어 헤아리기로 한다 점이 된소식과 점이 된 개미자리는 지금도 그 자리에 그대로 있다

강기슭을 지나가는 달구지, 지나갈 때마다 몸 흔드는몸살 같은 수양버들도 있다

무꾸리에 홀린 지난 한 시절이 흔들리고 있다 말도 많고 탈도 많은 개미자리 또한 흔들리고 있다 그러다가 끝장나는 희미하고 시시한 노들강변이 있다

봄버들은 어디 갔나

저음低音

꽃을 말하는데 눈이 온다
나는 꽃을 눈에 오려 붙인다
구들목을 말하는데 귀뚜리가 운다
나는 구들목을 귀뚜리에 오려 붙인다
꽃은 눈이 되고 구들목은
귀뚜리가 된 벽에 달력을 건다
달력이 된 벽에서 너를 본다
너에게로 간 나는 너가 된다
도깨비 방망이 같은 시절
도깨비 방망이는 어디어디에 있다는
소문과 거기 없다는 소문을
핏대 세우다 누가 또 흔들린다
흔들리지 않는 귀뚜리 울음
꼭꼭 숨어서 혼자 훌쩍거리는
겨울꽃 한 송이
발자국소리도 없이 지나간다

풀무치소리가 있다

지금 접고 있는 봉투 속에는
적다가 밀쳐둔 오늘 같은
황사먼지 마스크 같은
수시로 걸려든 고뿔 같은
쪽지 나부랭이와 약봉지가 있다
지금 쭈그리고 앉은 이 방 구석에는
열린 채 버티고 있는 몇 개의
어제와 빈 노트와
시절이 오가는 달력과
아무것도 아닌 일진을 엿보고 있는
개구멍받이 같은 옹알이
옹알이로 식은 바람소리 같은
깊은 구덩이가 있다
지금 접고 있는 적막의 길이 있다
수시로 무릎뼈 부딪치는 삼보일배 같은
길이 있다 길에서 어쩌다 듣는
풀무치소리가 있다

불볕 아래

흘러내리는 방점에 좀 긴
밑줄이 아닌 부항을 몇 개 더 친다
쉼표에 치고 마침표를 지운

불볕더위를 먹은 칸나
속 타는 혓바닥을 길게 내밀고 있다
불볕더위에게 나는 쉼표가 아닌
마침표도 아닌 돼지꼬리표를 또 친다

쓰레기를 밀고 가는 노인의 등은
활처럼 굽었다 땡볕이 쏘아대는
폭염주의보도 그냥 굽었다
불볕에 타는 허리 어깨 무릎 팔을
매미울음이 연거푸 쏘아댄다

불볕 아래
쓰레기 손수레를 밀어본 적도 없이
이런 시를 쓴다

이쪽저쪽

1

그가 고개를 갸웃거린다
이쪽과 저쪽으로 갸웃거린다
이쪽 의자에 앉을까 저쪽 의자에 앉을까
갸웃거린다 이쪽 의자는 그만 두고
저쪽 의자에 앉을 것 같다
저쪽이 아닌 이쪽 의자에 앉을 것 같다
앉을 듯 앉지 않을 것 같다
아무나 앉는 의자 아니라고
의자가 넌지시 튕기는 인상이다
그는 이쪽 의자에게로 간다
의자가 기우뚱하다 저쪽 의자에게로 간다
오른 쪽인지 왼 쪽인지
다리 하나는 망가져 있다
앉는 의자 아닌 것 같다고 그는
의자의 눈치를 보고 있다
이쪽에서 보고 저쪽에서
그만 돌아가나 마나 헤아리고 있다

2

처음보다 처음인 오리무중

어둠을 먹고 자라는 박쥐를 지운다

천생연분인 오리무중을 그리다가

발바닥으로 뭉개버린다

팔짱이나 끼고 먼 산을 본다

바짓단이 풀리고 구두끈이 풀리고

풀린 구두끈에 꾸벅 구부린다

잠긴 목소리를 거듭 쓰다듬는다

눈치코치 보면서 쓰다듬고

잘 나가는 운세와 어긋난 운세 사이

어긋난 줄서기 사이

거기 아니고 저기도 아닌

이 사투리와 저 사투리 사이

주판알을 굴리는 손가락 사이

세상 참 별나다 팔짱을 낀

여기 아니면 저기 벼랑끝

낯선 노래 한 소절 지운다

두루마리 카톡

　어찌 보면 갸름하고 어찌 보면 뾰족하더라 어찌 보면 그냥 그렇고 그렇더라 뒷북이나 하릴없이 치고 있더라 때로는 들물이더라 때로는 날물이더라 들물과 날물 사이 날아가지 못하고 주저앉은 물새울음이더라 미처 알 수 없는 개펄이더라 먼 파도소리에 그늘지고 다 식은 해거름소리에도 그늘지더라 울음에 귀를 대는 아득함이더라 울 줄도 모르는 울고 있는 울음이나 가만 훌쩍거리더라 어찌 보면 깊고 어찌 보면 얕은 속임수더라 깊이를 헤아릴 수 없는 울음이더라 그럴 것 같더라 천 년 만 년 살거라고 기를 쓴 울음은 손바닥 뒤집기나 다름없더라 울다가 울지 않는 울음의 뒤란은 어찌 보면 꺼멓고 어찌 보면 허연 두루마리더라 어찌 보면 예쁘고 어찌 보면 미운 오리털, 바람처럼 알음알음 날아가더라

바람, 어제 빗나간

찢어지는 분수 같은 이편저편의 갈림길 같은
망설임이 있다

쓸개 없는 바람은 쓸개를 모른다 방금 찢어진 바람을
모른다 누군가 바람 속에서 나오고 누군가 바람 속으로
들어간다

찢어진 분수, 방금 또 찢어지는 회오리

어제 지나간 해거름을 달고 저무는 하늘에 달고 기운다
는 말에 달고

엉거주춤한 계산머리 사이에서 긍정과 부정 사이에서
긴 꽁무니와 짧은 꽁무니 사이에서

이편과 저편의 빗나간
아비규환은 아비규환을 말하고 있다

제3부

카트를 밀다

지금 카트를 밀고 있다
카트에 앉은 산그늘을 밀고 있다
그늘에 묻힌 골짜기와
골 깊은 메아리를 밀고 있다
마트에서 주차장까지
공휴일을 밀고 있다 휴가철도 지난
바다를, 멀리 뜬 까치놀을
산그늘 발치에 잠긴 마을소식을
밀고 있다 물 한 컵 마신다
느릅나무 바람과 바람이 숨 쉬는 소리
불볕 식어가는 메아리를 밀고 있다
해거름에 젖은 주차장은
먼 마을 소식을 듣고 있다
단기 몇 년 몇 월 며칠
산그늘에 젖은 생수병 그리고
저녁에 둘러앉는 식탁을 밀고 있다

꼬리표

가끔은 빈 것을 생각한다 빈 것은 허전하다고 차 있는 것으로 길을 바꾼다 차 있는 것은 더 이상 여유가 없다 다시 빈 것으로 방향수정을 한다 빈 것도 차 있는 것도 아닌 우왕좌왕을 설레발친다 차 있는 이름에 한 표 던진다 A는 B에 B는 A에 한 표 던진다 쓰다가 접어둔 외톨이로 남은 다음 구절에 또 한 표 던진다 한 표가 두 표 되는 동정표를 던진다 그의 빈자리는 어차피 소멸되고 조금 더 멀쩡한 그 다음의 놀이나 생각한다 생각하는 것이 순서다 모자라거나 지나치지 말자고 생각의 꼬리표에 꼬리를 매단다 말을 하자면 그렇다는 것이다 어디선가 고동소리 같은 것이 흔들리며 온다 금방 떠나는 기차가 흔들리는 기적을 울린다 금방 출항한 선박은 흔들리다가 흔들리지 않는다는 카톡을 띄운다 흔들린다와 흔들리지 않는다 사이는 아무튼 안전하다 금방 또 고동소리가 흔들리고 있다 흔들리는 꼬리표를 둥글게 만다 둥근 꼬리표가 빵집 앞으로 동그랗게 굴러간다

묵화墨畵

허연 벽이 어쩌다 거미줄에 걸린다

거미줄에 걸린 바람, 거미줄에 걸린 구름, 거미줄에 걸린 질긴 안개를 걷어낸다

꽃이 오는 길, 산과 바다가 오는 길이 하필 보인다 보이는 것은 때로 보이지 않는다 꽃이 보이던 길과 산과 바다가 보이던 길을 걷어낸다

길에 선 사내 하나는 길에 선 사내 하나를 우두커니 본다 보고 있을 뿐 더 이상 아무것도 아닌 우두커니를 사내 하나가 보고 있다

어쩌다 먼 길이라고 바다가 밀려온다고 한 걸음 뒤로 물러서는 것 같은

멀리 뜬 산주름 하나는 또 다른 주름의 이마가 되고 있다 그렇다 그렇다는 소리가 걸려 있다

푸른 하늘 은하수 하얀 쪽배 하나 걸려 있다

기억회로

흔적 하나는 낯선 악기를 울리며 온다
까맣게 잊어버린 신호가 수시로 고개를 든다
두 번 째 신호는 세 번 째로 가는 목록이다
나는 두 번 째를 흔적 아래 다독다독 다독인다
봉분이 된 흔적을 본다
기억재생회로가 된 흔적이다
기억을 적을 셈으로 봉분을 감은 덤불을 걷어낸다
가시덤불에 더부살이하는 쇠비름줄기 같은 꼬물꼬물한
해괴망측에 물밥을 친다
다시 흔적이 온다 흔적이 치는 낯선 악기소리
징검다리 같은 소리를 하나 둘 헤아린다
소리 하나에 깃든 낯선 음표와 소리 둘에 깃든 낯선 음
표의 바코드를 읽는다
때 아닌 폭풍이 분다 욕탕에 받던 물을 잠근다

화가 이중섭은 가고

　지금 이 마을에서는 해가 지고 지금 이 마을에서는 달
이 뜬다 지고 뜨는 세상 이야기를
　해와 달 속에 듣는다
　놀빛에 잠긴 마을은 푸르다 붉다 노랗다 아니 까맣다
까만 놀빛에 물감을 덧칠한다
　지금 이 마을에서는 유채꽃이 피다가 지고 지금 이 마
을에서는 새들이 날아와 집을 짓는다
　집단이주한 새에게 주소를 달아준다 번지를 알리는 은
행나무 잎은 이 마을 저 마을로 비행접시처럼 날아다닌다
　덧없는 얼굴은 얼굴끼리 골목길 어디에서 하늘을 본다
여기 아니면 저기 뒤꿈치를 세운다
　어디서 나타난 게 두 마리 게 세 마리, 앞에 놈의 다리
를 뒤에 놈이 물고 열쇠고리처럼 물고 대롱거린다
　달에 뜬 바다는 저만치 있고
　그리운 이름을 물고 있다

해질 무렵의 삽화

1
달이 조금 떠 있다
비뚤비뚤한 산등성이 끝머리의 바다는
한갓진 까치놀 덩어리다
언제 무엇이 어디로 스쳐갔나
물새는 물새끼리 저마다 느긋하다
벤치에 앉은 노파도 느긋하다
조금 전의 기침을 다시 한다
숨 헐떡거리며 먼 침묵에 다시 눈을 준다
기승전결 같은 시간의 등을 본다

2

서성거리는 어둠 속에 가물가물한 기억이 있다
모기소리 같은 것이 지나간다
실낱같다 만질 수 없고 맛 볼 수도 없는
가늘게 벌레 우는 소리를 보고 있다
개불알꽃이 혼자 피어 있다
그럴싸해 본 적이 없는 요즘은 어쩌다 어둠이 깊다
개불알꽃이 핀 마당귀에서
개불알꽃의 계절을 강아지가 한 마리 서성거린다
강아지의 불알은 보이지 않는다
신발장과 구두숟가락과 휴지통 하나
저녁 어스름이 지나가고 있다

심청가였는지

깨진 방파제를 타고 넘는
바닷물이 강물과 섞이고 있는데
전우의 시체를 넘고 넘어를
입속말로 하다가 이건 아닌데
아침에 먹은 콩나물국에 생각을 꽂는다
콩나물 대가리 같은 음표
남원국악성지전시관의
궁상각치우가 아닌 오선지 악보는
낯설다고 하필
거문고 줄을 한 번 퉁겨보았다
깨진 세상에서 밥 먹고
깨진 방파제를 타고 넘는 바다에서
어쩌면 그건 심청가였는지
바닷물에 섞인 강은 바다로 간다
귀거래 같은
북소리 추임새에 얹은
소리 한 대목
하늘과 땅의 울림이었다

시월 보름달

맛을 품은 사과는
아무것도 품지 못한 나를 지목한다
능금 한 알의 무게와
사과 한 알의 무게에 대한
답을 쓰지 못하고 나는
풀벌레 울음소리 같은
달빛 흘러내리는 소리나 듣는다
찌르륵, 나를 찌르는
정수리에 허리에 침을 맞은 적이 있다
몸 어디 피가 통하는 소리를
멀리서 부는 피리소리로
들은 적이 있다

시월 보름달 아래 실을 꿴
바늘은 어디 있나 아득하여
말 잊은 날이 있다

빵

빵집에서 빵을 산다
조금 팍팍한 식감을 산다
팍팍하다는 말에 꿰인다
읽어도 꼬투리 잡히지 않는
메뉴판에 고개 갸웃거린다
내 꼬리표에도 알쏭달쏭한 메뉴판을
달고 싶다 딸랑이가 된
메뉴판을 차고 빵집 하나 내고 싶다
짧은 계산머리와 긴 계산머리 사이
크림빵에는 계절을 모르는
하얀 꽃이 피어 있다
빵집 코너는 어스름에도 환하다
빵을 고르는 사이에도 꽃이 핀다
옆구리를 찌르는 문자가 온다
어제 읽은 소식은 지운다
어제 산 빵도 지운다
입맛을 다시 입에 올린다

수몰된 마을

아무튼 그렇다
거죽만 남긴 옴딱지와
침묵이 낳은 요지부동은
고수레 바가지에 날아갈 것이다
숨통이 가빠질 것이다
아버지와 그 아버지의 주역과
어머니와 그 어머니의 밥주걱과
추억이 된 가마솥 뚜껑이 잠길 것이다
심송빵집을 봉투째 들고 가는
오늘 받은 이메일에 부풀 것이다
낯선 수심 깊이 이름을 묻은
침묵이 익어 떠오른다고
잃어버린 날을 불러볼 것이다
지금부터는 아니고
낯익은 이름이 낯설게 다가오는
몇 가지 파일의 주름살과
삭은 동체胴體에 걸린
주역 낱장이 떠오를 것이다

화살나무를 모르고

화살나무 하나는 기울어져 있다 말더듬이 귀더듬이 눈
더듬이 같은 문장의 속청에 기울어져 있다

과녁을 찾아 날지 못하는 문장 안에 망가진 화살 하나
옹이처럼 자라고 있다 내 몸에 더부살이하는 화살, 나는
그 화살을 내 살의 몫으로 쓰다듬는다 어루만진다

침향沈香은 어느 살에 찍혀 있나 천년에 매달려 천년의
숨을 쉬는 침향, 나는 그 심장소리를 듣는다 땅속에 묻힌
천년을 듣는다

나는 또 문장 하나를 쓰고 있다 쓰다가 기울어지는 나
를 쓴다 화살나무를 모르고 기울어진 과녁을 쓴다

봄 시학詩學

눈꺼풀을 내리누르는 책갈피를 읽는다 문장을 짓밟고 흐트러뜨리는 졸음을 읽는다 졸음을 걷어 문장 어깨 너머로 던진다 문장에 없는 졸음 던지기를 읽는다 던져버린 졸음에는 날개가 있나 다시 눈꺼풀에 끼어든다 졸음과 눈꺼풀 사이 어느 쪽이 무겁나 저울질 한다 졸음이 문장을 읽어나가는지 눈꺼풀은 제 혼자 소파에 길게 기댄다 베란다 문을 두들기는 햇볕은 문을 열어달라고 서성거린다 오냐오냐 햇볕을 거실에 불러들인다 햇볕이 졸음을 길들이는지 졸음이 햇볕을 길들이는지 반쯤 닫히고 반쯤 열린 눈꺼풀 안에서 차렷 쉬어, 구령이 떨어진다 유리문 밖 먼 길에 차량들이 지나가고 차렷도 아니고 쉬어도 아닌 엉거주춤한 눈꺼풀을 다시 편다 거실바닥에 엎드려진 책갈피는 햇볕을 등에 지고 졸음에 빠진 눈꺼풀을 천천히 뒤집어 본다

문고리에 관한 필기

　현관 문고리에 걸린 기척을 읽는다 어느 날은 바람이다 어느 날은 물이다 때로는 혼자 가만 서 있는 나무다 바람과 물과 나무의 이음새다 문고리에 걸린 기척을 따먹고 햇빛의 똥 달빛의 똥을 댓글처럼 남기는 기척에 흥부놀부가 되다만 이야기 몇 토박이 걸려 있다 걸린 이야기를 적으려 연필을 깎는다 흥부를 적다가 놀부를 적는다 다시 기척을 듣는다 흥부의 문고리와 놀부의 문고리는 서로 길이 다르다 미처 헤아리지 못한 먼 갈림길을 본다 그때의 갈림길을 바람이 지나간다 강가의 나무 한 그루는 지나가는 물을 보내고 있다 갈림길을 지나가는 바람소리를 방금 지나간 물빛 속 기척에 가만히 적고 있다

떴다 떴다 비행기

웅덩이 속을 멀거니 굽어보는 암소는 웅덩이 속으로 들어가지 못하고 웅덩이 속에 뜬 암소를 보고 있다

몇 자 써놓은 글줄 속에 잠긴 나는 글줄 속에 들어가지 못하고 글줄에 잠긴 나를 보고 있다 한참 보다가 나 아닌 것 같다고 글줄을 팍팍 지우다가

글줄의 눈을 보고 글줄의 코를 보고 글줄의 입을 본다 글줄의 귀를 보다가 어디선가 들리는 소리에 귀를 납작하게 세운다 납작하게 된 소리를 본다 귀속으로 들어오는 듯 나가는 소리를 본다

소리를 따라가나 어쩌나 망설이는 나는 귀 반쪽을 마저 세운다 몇 자 써놓고 나를 따돌리는 술래놀이 같은 놀이를 한다

웅덩이 속에는 암소 한 마리 떠 있고 구름이 오다가다 떠 있고 드레로 물 푸던 날이 드레질처럼 떠 있다

떴다 떴다 비행기, 웅덩이 속에 옛날 종이비행기 하나 떠 있다

애장터를 지나며

　만약에 말이다 그 너덜경에 묻힌 것이 무슨 단지새끼거
나 아니라거나 만약에 말이다 그 너덜경에서 애기울음소
리 같은 것이 밤마다 들린다거나 아니라거나 칡넝쿨 같은
것 담장넝쿨 같은 것이 길에 뻗어나와 지나가는 발목을
홀친다거나 아니라거나 만약에 말이다 음주운전단속을
하는 길거리 검문소 같은 그러니까 그것은 경찰모를 눌러
쓴 더더더 재촉하는 숨찬 소리거나 아니라거나 만약에 말
이다 쇠비름 같은 것도 덩달아 손을 뻗어오르며 무슨 아
우성으로 길을 차지한다거나 아니라거나 빨갛고 노란 풍
선이 바람에 휘날리거나 아니라거나 뻔한 이야기가 뻔한
것 아니라는 맹물이거나 아니라거나 그 너덜경에서 몸을
꿈틀거리는 칡넝쿨 같은 담장넝쿨 같은 혹은 쇠비름 덩어
리 같은 것에 발목 잡히는 날이 수시로 있다거나 아니라
거나,

뽕짝설화

뽕짝으로 읊는 뽕짝의 목덜미에 한 계절이 오고 한 계절이 가고 있다 뱃고동소리 또한 한 계절이다 계절에 익은 뽕짝이다 저만치 뜬 바다를 울리며 온다 지금은 주의 깊게 뱃고동소리에 귀를 댄다 커다란 풍선 하나 먼 소식을 어깨에 거머쥔 무게를 띄우고 있다 한 흔들림을 어제처럼 유달리 띄우고 있다 기역ㄱ에서 히읗ㅎ까지 그리고 있다 더부살이 아닌 뽕짝과 뽕짝의 파일에 걸린 풍선은 구름 속 구름이 되고 있다 한 소식도 덩달아 구름이 되고 있다 흔들림 그 또한 어제 그 뽕짝이다 어쩌다 마름모 같고 긴 화살표 같다 세모꼴 모양들이 흔들림을 따라 온다 호각소리 같고 백기 내리고 청기 올리는 놀이 같다 깃발을 높이 세운 뽕짝은 뽕짝 정류소에서 방금 목청을 더 높이 세우고 있다 누구는 능글맞고 누구는 쌀쌀맞고 세상만사 그런 거라고 방금 마이크 앞에서 뽕짝노래로 한 판 신풀이 먹이고 있다

저녁어스름

발걸음 하나 가고 있다
길이 어떻고 길맛이 어떻고
숭숭 구멍 뚫린 골다공증 같은
숭숭 구멍 뚫린 길바닥
점아 점아 콩점아, 엿가래 같은 콩점아
귀를 감싼 귀머거리
미처 길들지 못한 세상을 적는다
말아 올린 바짓단을 적는다
바짓가랑이를 터는 젖은 발걸음
세상은 여기 아니면 저기도 바람이다
가망 없는 저 구름을
가망 없는 저 너울을 떠미는
저녁어스름은 어둠에게로 간다
어제를 버리고 오늘을 버리고
어제오늘을 등에 진 어스름이 온다

이런 풍경

구구단을 중얼대며
몇 계단 더 올라서자고
곱셈 나눗셈도 함께 섞는다
비빔밥처럼
개는 듯 다시 날이 꼬이는
계산머리 더딘 나를 비빈다
한동안 숨 고르는 파도 같은
바람의 꽁무니 같은 자치기 같은
기호 엑스와 기호 와이를 가려내는
제비뽑기 같은 갑작스런 갑질
때 아닌 돌풍이 부두를 삼킨다
데트라포트를 밀고 오는
저 파도의 성깔에 허를 찔린
뿌리째 꺾인 가로수, 숨을 꺾는
방파제 끝에서 화물선 하나
방금 기적을 울리는
숨찬 주리를 틀고 있다

제4부

그녀 나들이

상투바람 머리의 나들이입니다
지금 피는 민들레꽃 꺾어
상투바람 머리에 꽂은 나들이입니다

양철물동이 똬리로 받쳐 인 나들이입니다
출렁이는 달빛 이고 돌담길 돌아
옛날 아지랑이 데리고 가는 나들이입니다

미처 삼키지 못한 울음나들이입니다
철따라 피는 민들레꽃 닮은
머리에 민들레 한 송이 꽂은 나들이입니다

나들이 먼, 소용돌이입니다

탈

    몸속에 갇혀 있던 얼굴이 걸어나온다 사방을 두리번거리린다 모자를 벗는 듯 다시 쓴다 안경을 벗는 듯 다시 낀다 다시 벗고 다시 끼는 얼굴은 달력을 넘기고 있다 그래야만 할 것 같다 얼굴에 얽은 주름살이 한결 더 깊은 금을 긋는다 달력 낱장이 주름살 쪽으로 금을 긋는다 꺼질 듯 아슬아슬한 허공 같은 수렁이 오다가 머뭇거린다 날다가 날지 못하는 화살표 같다 얼음장 같다 얼음장을 뜯어먹은 시퍼렇게 젖은 입술, 그래야만 할 것 같다 거푸 우물거리는 수렁에 걸려 들리다가 들리지 않는 모음자음이 있다 얼굴을 싸맨 그는 어둠 속에서 어둠 속으로 캄캄한 수렁을 거푸 더듬거리고 있다

단군할아버지 이래

한의원 디딤돌에서
손등 발등 침 치료를 받는다
단군할아버지 이래
하늘天과 따지地 사이 가물가물[玄]한
황사黃砂 몇 기류에 점 찍힌다
발신자가 없고 수신자 또한 없는
떠돌이 같은 메지구름
어제 읽은 신화는 곰과 마늘이었다
길눈 어두운 세상을 찾아가는
꼬불꼬불한 골목 돌담길에서
만나는 곰과 마늘과 쑥과
단군할아버지 기침소리를 읽는다
지금 막 새끼를 거둔
허리 어깨 무릎 팔
곰 쓸개 같은 약 처방을 받는다

몰운대를 지나며

썰물 한때는 가고 밀물을 기다린다
늦게 도착한다는 밀물 소식에 귀 기울인다
간조보다는 만조라는 말을 마음에 건다
터무니없는 썰물 개펄과 이유 있는 밀물 개펄에 발목
잡힌
몰운대를 지나간다 해질 무렵이라서 조금 더 아득하게
썰물과 밀물 사이
주먹 쥐고 주먹 펴고 잠잠잠 지나간다
삼시 세끼 밥 먹는 날마다의 가리사니와 어깨동무 하는
물때가 지나간다
지나가는 요트는 지나가지 않는다 지나가는 시간을 깜
빡했다 그렇다와 그렇지 않다는 손바닥과 손등 차이다
바다를 말하다가 놀빛하늘에 눈 맞추는 한때
썰물 아니 밀물
구름 잠기는 소리 듣는다

초승달에 뜬 수필

　맞은편 사람은 손거울에 비친 얼굴에 달을 그리고 있다 초승달 꽁지를 치켜볼까 내려볼까 궁리하는 것 같다 달 그리기 공부는 끝나고 달 아래 잠든 아늑한 호수를 돌아보는 침묵을 즐기는 것 같다 앉은 자리가 무량도량無量道場 이다 나는 내 얼굴을 그릴 수 없다 얼굴을 가로지르는 구름을 그릴 수 없다 나날이 자라는 독버섯 같은 씨알을 그릴 수 없다 자리를 옮기나 어쩌나 사방을 둘러본다 옆자리의 파란 마스크는 기침을 한다 물 흐르는 소리를 한다 한 번 아니고 두 번 세 번, 기침소리는 물오르는 소리의 결이 된 주름살 같다 거울이 없어도 그릴 수 있는 기침의 알갱이 하나 둘 점찍어 본다 화가 아무개를 생각하는 때가 있다 아무것도 그릴 수 없고 그리지 못하는 사이 초승달 하나 꽁지를 돌돌 말아 간이 알맞게 떠오르고 있다

다시 쓰는 자왈子日

　말문 트이듯 닫힌 창문이 열리는 거다

　책갈피를 열고 처음부터 하나 둘 짚어보는 거다

　난해한 구절 엉클어진 매듭을 푸는 거다

　지울 건 어김없이 지우는 거다

　지운 행간의 구렁은 새로 돋은 구절로 깁는 거다 쓰다

듬고 어쩌고 한나절을 그렇게 보내는 거다

　맹꽁이울음으로 덧칠하는 거다 해가 기운다고 먹먹하

다고 함부로 서툴게 말하지 않는 거다

　어제 읽은 구절을 되짚어 본다

　어느 것은 어느 것이라고 짐작하는

　기우는 하늘 아래 기우는 목소리로

　볼멘 이목구비 찢어진 아우라에 비손 올리는 거다

　처음부터 조금 더 눈에 띄게 조금 더 부지런히 쓰는 거

다 쓰다가 지우고 지운 자리에 텃밭이나 두어 평

　깻잎과 상추를 가꾸는 거다

　학이시습學而時習하는 거다

서둘다가

저 문에 몸이 낄 뻔한 적이 있다
끼인 그대로 갈 뻔한 적이 있다
열리는 듯 닫힌 문이 될 뻔한 적이 있다
저 문은 안전하다고 좀 생각하는 듯
열리고, 좀 생각하는 듯 닫힌 소리가 된
닫힌 소리는 열린 소리를
열린 소리는 닫힌 소리를 안전하게
반가워할 뻔한 적이 있다
안전하게 두려워할 뻔한 적이 있다
열린 뒤 입을 닫고 닫힌 뒤 입을 여는
세상 이야기와 한 또래가 될 뻔한 적이 있다
문이 되어 문과 함께 술 퍼먹고
딸꾹질할 뻔한 적이 있다
딸꾹질만 하다가 딸꾹질이 된 적이 있다
깡통 차고 다 찢어진 옷 걸치고
문전박대 될 뻔한 적이 있다

게임

눈 깜박거리는 순간마다 별 하나 다시 뜬다

뜨는 속도를 찍으려고 카메라를 드리댄다

흔적을 감춘 변화는 순간을 모른다

모르는 것과 아는 것 사이를 깜박거린다

깜박거림에 줄서기를 한다

한 순간 천둥벼락이 때리고 겁먹은 구름이 소낙비를 무섭게 어둠에 꽂는다

나는 그 어둠을 깜박거린다

누가 악을 쓰는 듯 골목을 마구 달음박질친다

눈 깜박하는 사이 거짓말처럼 하늘이 트이고

별 하나 별 둘 별 셋 눈을 깜박거린다

그 깜박거림의 파장을 대입할 궁리를 한다

어긋나는 궁리와 어긋나는 깜박거림을 더 이상 견딜 수 없는 생각이 저리다

아스피린 한 알 깜박거리는 눈에 넣을까

밤에도 깜박거리는 무더위에 걸린

어쩌다 나는 별 하나 별 둘 별 셋 놓친다

작년 각설이

그가 지나가면서
귀를 우빈다 밥은 물론 국수도 아닌
불볕을 삼킨 숨 헐떡거린다
말 속에는 높고 낮은 불볕이 있고
길고 짧은 목구멍이 있고
차고 화끈하거나 미지근한 것
둥글둥글한 것 송곳 같은 것
때로는 네모 같은 것 세모 같은
더위로 짓무른 혓바닥을
입술에 걸고 말끝마다 걸고
붉은 귀고리처럼 귀에도 걸고
불 끄는 소리가 아닌 헉헉거리며
작년에 왔던 맨발을 지나간다
매미울음소리를 옆구리에 찬
불볕 속 불볕으로 화끈하게 달군
벙거지 삐딱한 그가 지나간다

낙서

허공을 타고 오르는 나무는 나무라는 이름의 날갯짓이
다 허공을 오가는 새와 구름과 바람이다 날갯짓이 허공인
지 나무가 허공인지 지금은 모른다 모르는 것을 본다 알
면 보이지 않는 무위작위無爲作爲를 본다 낙서 몇 줄 끼적
이다가 고개를 든다 낙서가 내 날갯짓이라는 짐작은 아예
그만 두기로 한다 그 생각을 접어두고 어느 날은 또 낙서
몇 줄 끼적인다 나무에 등을 기댄다 낙서 몇 줄이 오고 가
는 길이 날갯짓에 있다 지뢰탐지기 같은 생각으로 날갯짓
을 한다 등을 기댄 느티나무 등걸이 궁금하다 이 낙서의
날갯짓이 보이지 않는다고 두리번거린다 방금 지나간 대
형트럭 꽁무니에 매달린 접근금지 꼬리표가 손사래를 친
다 지뢰탐지기 같은 손사래를 거듭 친다 날갯짓이 되지
못한 낙서는 낙서 게시판에 걸어두기로 한다

노자가 문득

개살구와 개옻나무는
이 또한 한 시절이다
상수리나무는 키가 훌쩍 솟았다
아재라고 불리는 상수리나무 같은 그는
농구지역대표로 뛰고 있다
이 또한 한 소식이다
어제 마무리 지은 콩 타작은
카페에 저장하고 지금은 가볍다
돌덩이처럼 누르던 도리깨질은 가고
상수리나무 아래 상수리나무와
이웃사촌이 된 개살구와
울긋불긋한 열병이 된 옻독을 따먹고
지금은 가볍다 이 또한
한 세상과의 무위자연이니라
노자老子가 문득 생각난다

흙수저

부항附缸을 붙인
어깻죽지에 방점을 친다
흘러내리는 방점에 좀 긴 밑줄을 친다
밑줄이 아닌 부항을 몇 개 더 붙인다
쉼표에 붙이고 마침표는 지우고 다시 붙인다
어깨에 걸린 돼지꼬리표가 구겨진다
복더위를 먹은 칸나
한 아이가 지나가다가 쓰다듬고 있다
복더위에게 쉼표도 아닌
마침표도 아닌 돼지꼬리표를 또 친다
폐지를 밀고 가는 노인의 등에
폭염주의보가 지나간다
불볕을 쏘아대는 불볕의 막무가내
흙수저도 수저니라
허리 어깨 무릎 팔을 밀고 간다

다음 열차

그 물빛의 찌그러짐에 합승한
그 물빛에 어리는 주름살에 합승한
물빛이 말하는 들고남에 합승한
어긋나다가 돌아서는 소용돌이에 합승한
어쩌다 엉큼한 꿍꿍이에 합승한
흐리다가 맑아지는 천방지축에 합승한
방축에 주저앉는 알갱이에 합승한
꼬리 무는 헛소문과 참소문에 합승한
물갈퀴로 할퀴는 아귀다툼에 합승한
끝장 보는 날의 멍투성이에 합승한
뚫어도 다 뚫지 못하는 가슴앓이
고로쇠나무의 상처에 합승한
아무 이유도 없는 아무것에 합승한
구름에 떠도는 소용돌이와
물빛지느러미와 아가미에 합승한
비늘에 튀는 물방울에 합승한
다음 열차는 다음 역까지만 간다

엉거주춤

　머리로 엮은 생각의 틈새를 순서도 없이 책갈피에 올린
다 내용 없는 틈새를 엉거주춤 짚어본다 날 흐리고 저무
는 기척이 책갈피에 있다 어느 갈피는 검은 그림자, 어느
갈피는 하얀 그림자다 전후좌우에서 그러니까 나는 긴가
민가한 그림자와 놀면서 그림자와 술래놀이하고 있다 먼
산을 보다가 먼 산과 술래놀이하고 있다 희미한 옛 사랑
도 아닌 그림자와 술래놀이하다가 퍼질러 앉는다 장화홍
련전이나 읽을까 앉아 있다 엉거주춤한 길은 언제나 엉거
주춤하다 먼 추억처럼 는개 속 어디서 희미한 그림자가
어쩌다 나타난다 나는 그것을 옛사랑이라고 점 찍는다 물
빛이라고 다시 점 찍는다 지금 나는 물빛그림자와 술래놀
이하며 앉아 있다 그러니까 나는 하늘의 일과 땅의 일은
전혀 모른다 내가 나에게 하는 군말을 모르고 나무와 돌
의 이야기에도 눈이 귀가 설다 선 것이 뜸이 든다는 말에
어쩌다 고개 갸웃거린다 마음에 담아야할 것은 아득하고
버릇처럼 아득한 갈피에 엉거주춤 술래놀이하는 나를 본
다

흑백사진

식기 전에 어서 먹어라

숟가락을 놓고 나는

이마의 미열을 짚는다

겨우내 얼었던 감나무가 보인다

입춘대길立春大吉 춘수만택春水滿澤이 걸린

정지문이 닫히고 엄마는 다시

죽그릇을 내 앞에 당겨 놓는다

무즙이 어떻고 생강즙이 어떻고

라디오는 방금 건강정보원이다

볼륨을 살짝 줄인다 구색 맞추기

아스피린 한 알 집어 삼킨다

식기 전에 어서 먹어라

황사먼지가 극성을 부린다고

이불 한쪽 귀퉁이를 끌어당긴다

목련꽃 망울은 시름시름

황달을 앓고 있다

동영상

어제 찍은 동영상에는 뱃고동소리
바람소리와 파도소리가 없다
없는 것을 편집하느라 어제로 간다
지나간 어제는 지나간 그림자를 하나 둘
지운 어제다 그러니까 어제는
오늘이 지운 어제다
흐린 앞날의 동영상 장면에 밑줄을 친다
떠오르나 어쩌나 닻줄을 끌어당긴다
아무 기척도 함부로 보낼 수 없다
알 수 없는 기척을 아는 척 기침을 한다
어제 사라진 바람소리 물소리를 듣는다
낡은 수첩에 낡은 지난날을 적는다
이 또한 추억이라고 점 찍는다
삐걱거리는 소리를 하는 추억은 추억끼리
어제 찍은 동영상소리를 한다
바람이 된 발바닥 하나
어제 찍은 동영상에게로 가고 있다

안개꽃집

　오늘을 물 먹이는 비가 온다 수다저녁이 온다 어둠 속
으로 안개비 같은 아무도 모르는 소식이 온다 헛짚은 손
끝에 매달리는 기척이 지금 온다 기척을 일컬어 소문이라
하다가 어제를 가만 돌아본다 아무튼 오늘은 어제를 헤아
리고 어제는 또 그 어제를 헤아리는 까마득한 소문에 덧
없이 젖고 있다 아무것도 달리 적을 일은 없다 모르는 것
을 떠올리다가 덩달아 모르는 것이 된 오늘을 적신다 아
무튼 모르는 일이다 눈치코치도 없는 안개비에 젖는 듯
마는 듯 상호도 미처 걸지 못한 안개꽃집 입구는 안개에
안개처럼 떠 있다 별 아닌 어둠 한 장막에 걸려 있다

숨바꼭질

숨을 곳이 없는 시멘트벽에
해바라기가 걸려 있다
꽃 속에 사자 이빨이 보인다 무서운
이빨을 걷어내고 해바라기 꽃 속에
숨을까 아주 먼 곳에서 하필
얼음산이 무너진다는 소식이 있다
무너진 얼음산 어느 골짝에 숨을까
이 도시의 우후죽순 아파트 단지
돌담이 사라지고 골목이 사라지고
북극해 어디 얼음산이 사라지고
아파트광고는 날마다 지나간다
공룡 등치 같은 아가리 같은
광고지 어디 해바라기가 걸려 있다
반쯤 일어서는 듯 슬그머니 진다

시인의 산문

—

시
작
후
유
증

시작 후유증

　지금 가만히 있다. 생각을 놓치고 가만히 있다. 소중하고 소중한 것을 놓쳐버린 경우도 헤아릴 수 없이 많다. 크게 놓친 것이든 작게 놓친 것이든 놓친 것은 놓친 빈손이다.

　지금 이 순간에도 무엇인가 놓친 아픔이 있다. 그렇게 쓴다. 무엇을 놓쳤는지도 모르는 사이 놓치고 알고도 놓친다. 보다 더 소중한 것을 놓친 때는 놓쳤다는 생각마저 하지 못한다. 천지분간이 되지 않는다. 나는 나 아닌 듯 멍멍하다. 그건 일종의 허무다. 아무리 찾아도 길을 찾을 수 없는 암흑. 그 암흑에서 겨우 벗어났을 때 무엇이 정작 어떻게 되었는지도 모르고 허탈감이란 것에 잠긴다.

　놓친다는 것은 나를 잃는 일이다. 나라고 하는 존재는 껍데기만 있고 알이 빈 상태다. 이런 일이 오래 지속되거나 자주 일어난다면 산다는 의미를 상실하게 된다. 삶을 잃어버리고 무엇을 어떻게 지향할 것인지 답답하고 막막한 일이다. 지금 가만히 있는 까닭도 따지고 보면 막막한 상태의 연속일 따름이다. 그런데 이 글을 쓰고 있다. 놓친 것이 안쓰러워 쓰고 있다. 놓친 것이 무엇인지 모르는 상태로 쓰고 있다. 놓친 길을 짚어보아야 한다. 짚은 길에서 놓친 것을 찾을 수 있을지 막막하다. 그런데 무엇을 놓쳤는지가 문제다. 생각을 되돌려보면 무엇을 쓰겠다고 한 것을 놓쳤다는 회답이 어렴풋이나마 보인다. 그때 무슨 신호가 번개처럼 떠오르는 것을 어렴풋이 느꼈다. 무엇이 될 것 같다고 촐랑거리는 사이 모처럼의 신호는 꽁지를 감추었다.

지금 가만히 있다. 사라진 꽁지가 어떻게 생겼나 생각해 보기로 한다. 생각은 때로 자석 같은 힘을 갖는다. 자석에 끌리듯 생각의 이랑을 더듬거린다. 분명한 것은 이랑에 무슨 씨앗인가를 뿌린 것 같다. 그런데 어디에 어떻게 뿌렸는지 알 수 없다. 알 수 없는 것이 떨어져 있을 지도 모른다. 따분하지만 그럴 수 있다고 마음을 다독거린다.

하루는 멍청하게 창밖을 본다. 그런데 창밖 풍경이 네모 속에 들어 있다. 긴 네모, 가로세로 딱 정확한 네모 풍경이 창안에 들어있다. 네모 속에 산이 들어 있고 나무가 들어 있고 바다가 들어와 출렁이는 시늉을 한다. 창은 모든 사물을 네모로 보고 네모와 동거하라고 타이르는 듯하다.

네모는 정확하지만 융통성이라곤 없어 보이는 고집부리 같다. 답답한 네모. 그래 이번에는 세모꼴 창을 찾아 주위를 살핀다. 정삼각형에서 직삼각형, 예각 및 둔각삼각형 등 많은 삼각형이 뜻밖에 세상의 구조물을 차지한다. 그런데 창날 같은 끝이 기다랗게 뻗은 삼각형은 보기에 섬뜩하다. 날카로운 창끝으로 냅다 찌를 듯 분위기가 다소 사납다. 반면 둥그스름한 형태는 사물을 원만하게 보는 힘을 갖게 한다. 둥근 창안으로 들어오는 보름달을 보는 저녁은 뭐든 잘 풀릴 것 같은 느낌을 받는다. 그런 저녁에 쓴 시는 푸근한 마음이 들어앉아 편안한 시가 될 것 같은 예감조차 든다.

지금 고독이라는 것을 생각하고 있다. 고독은 어떤 형태일까. 때로는 네모, 때로는 세모를 닮은 것 같다. 어떤 사람은 고

독을 음미한다고 한다. 네모를 음미하고 세모를 음미한다는
뜻일까. 음미하는 길에 시의 씨앗을 물고 오고 그 씨앗을 움트
게 하는 힘이 있다는 생각을 하면 고독은 시를 위한 길이며 힘
이다. 한 편의 시를 찾아내고자 고독은 밤새 뒤척이며 몸살을
앓는다.'한 송이의 국화꽃을 피우기 위'한 시인 서정주의 고독
은 무서리가 되고 소쩍새의 피울음이 되었다. 시인 윤동주의
무시무시한 고독은 하늘을 낳고 바람을 낳고 별을 낳는다.

그 길에서 본 바위도 고독이라는 의미를 함축하고 있는 듯
하다. 단층짜리 집 채 보다 커 보이는 바위다. 크기만이 아니
다. 생김새도 무슨 형태를 생각하게 한다. 어느 커다란 짐승이
죽어서 바위로 환생했으리라는 생각이 든다. 그 짐승은 코끼
리였는지도 모른다. 코끼리 무리가 서로 엉켜 죽은 것이 바위
로 굳었을 것이다. 죽음은 죽음으로만 끝나는 것은 아니다. 죽
음이 코끼리로 변신하는 것은 능히 생각해 봄직도 하다. 뚜벅
뚜벅 걸어가던 다리를 연상케 하는 바위의 한 부분을 쓰다듬
어 본다. 그러면 바위 속에서 코끼리 울음 같은 것이 들리는
환청에 잠긴다. 이름 짓기를 좋아하는 사람은 당연히 코끼리
바위라고 부를 것이다. 코끼리바위 아래서 만나자고 약속하는
사람도 있을 것이다. 약속장소가 된 코끼리바위 곁에서 아무
약속도 없이 코끼리바위를 쓰다듬으며 어슬렁거린다.

어슬렁거리며 살아온 날이 코끼리바위에 새겨졌으리라고
생각하는 것은 당연한 자가당착이다. 그런 착각으로 사는 세
월이지만 그렇게 싫지 않는 것은 스스로 아둔한 탓이다.'아둔
한'앞에'아마'라는 말을 쓰다가 지운다. 그것은 아마가 아닌 분
명히 아둔하기 때문이라고 스스로를 진단한다. 고독은 무엇이

며 왜 그걸 생각하느냐고 누가 물을 때 속 시원하게 대답을 하지 못했으니 아둔한 일이다. 바위를 코끼리로 보는 눈 또한 따지고 보면 아둔한 짓이다.

명쾌한 대답을 하지 못하고 혼자만 우물쭈물 코끼리를 들추고 있으니 이 또한 몇 프로 부족한 일이지 싶다. 무엇을 한다는 이름 있는 사람, 나라의 살림을 좌지우지한다는 사람의 말을 들어보아도 말끝을 흐리는 경우가 더러 있다. 왜 그런가. 뒷탈을 조심하는 것 같다. 이름 있는 사람이 되지 못한 처지에 무슨 이름 있는 지위에 오르겠다고 하는 뜻은 전혀 아닌데 고독을 두고 말끝을 흐리는 것은 그다지 개운하지 못하다. 날이 흐려서 그렇다고 말할까 말까. 아니 고독이란 것이 만약 돈벌이의 길이라면 대답은 아주 쉽게 나올 것이다. 어떤 사람은 고독을 일부러 그의 몫으로 끌어들일지도 모른다. 어떤 사람은 고독의 의미를 더 깊이 음미하고자 할 것이다. 그와는 달리 고독은 당연히 시의 씨앗으로 자리 잡는다. 그 씨앗을 뿌리는 일, 그 씨앗을 수확하는 일 또한 고독으로 이루어질 것이라고 할 것이다.

시는 말할 수 없는 것을 말하는 언어행위라고 한다. 시는 질문이 아니고 빚을 청산하듯이 무엇을 깨끗하게 정리정돈하는 손털기 아니라고 한다. 시는 유형과 무형의 변두리를 어슬렁거리는 행위라고 한다. 그 어슬렁거림에서 나름의 새로운 고독과 만나는 일이라고 한다. 이 글의 '라고 한다'를 보아도 시는 안개 속 같다. 그 안개 속을 헤치는 바람소리 같다. '같다'라는 어미가 어중간하다면 '이다'로 수정해도 좋을 것이다. 즉 시는 안개다. 시는 바람소리, 빗소리다.

지금 바람소리를 듣고 있다. 지금 빗소리를 듣고 있다. 바람이든 비든 그것은 시와 어울리는 고독으로 변주된 분위기 아닌가. 바람소리를 먹고 바람소리의 분위기가 있는 시를 즐겨 쓰는 시인이 있는가 하면 딱딱한 쇳소리 같은 시, 덕장에 걸린 깡마른 동태 같은 시를 즐겨 쓰는 시인도 있다. 그러나 시인은 누구의 구미를 맞추어 시작을 하지 않는다. 시를 음미하고 하는 독자를 끌어들일망정 독자에게 꼬리를 치며 빌붙지 않는다. 독자가 찾아야 한다. 풍경이 좋으면 그 풍경을 찾아야 한다. 그 미끼가 시다. 시의 미끼는 당연히 고독이다. 눈에 보이지 않는 고독을 눈에 보이게 하는 시는 일종의 마성魔性이다. 거기 중독되면 빠져나가지 못하지만 이성을 잃지 않는 건전하고 아름다운 고독에서 싹이 튼 마성이다. 시의 세계에는 언어의 미학, 상상력의 건전함과 참신함이 독자로 하여금 지금 여기에서 지금 저기로 껑충 치솟게 한다. 그런 노력으로 시를 쓰고 시를 음미한다고 감히 너스레를 떤다.

여전히 숙제는 남는다. 어떻게 쓸까, 어떻게 읽을까, 어떻게 보고 들을까, 어떻게 생각할까. 지금 나는 '어떻게' 병에 걸린 숙제를 고민한다.

이런 식으로 시간을 보내는 것은 따분하다. 아무것도 쓰지 못하고 읽지 못하고 보거나 듣지도 못하고 멍청하게 지내는 얼빠진 경우가 허다하다. 어쩌면 나는 눈머거리다. 귀머거리다. 오감이란 것이 모두 닫혀버린 캄캄한 어둠이다. 더욱 답답한 것은 답답하다는 것마저 모르고 지금 어디론가 가고 있다.

집에서 나설 때 어디로 간다는 생각만 마음의 네비게이션에 찍었다. 구체적으로 어느 길을 돌아 어떻게 간다는 내용은 전혀 입력시키지 않았다. 입력회로가 망가지면 어디로 간다는 방향마저 잃고 도중에서 허둥댈 것이다. 고장이라는 것은 물론 입력 단추를 잘못 다루었을 때 화로의 실금이 서로 엉클어지거나 끊어질 때 일어날 수 있는 일이다. 때로는 뜻하지 않는 과부하에 걸려 한쪽으로 기우는 쏠림을 견디지 못하고 찌그러질 수도 있다. 그 사정을 미처 파악하지 못하고 방심하는 경우가 더러 있다.

지금 나는 무엇을 어떻게 쓰겠다는 생각을 하고 있다. 이 무엇은 미처 입력시키지 못한 파일이다. 하기에 이 생각은 어쩌면 알맹이 없는 것이 될 것 같다. 그런데 이상한 것은 알맹이가 없으면 어떠냐하는 당치도 않은 오기 같은 것에 끌린다. 알맹이가 없는 것이 알맹이 아닌가 하는 생각이 터무니없게도 내 생각을 쿡쿡 찌른다. 이런 비슷한 억지논리는 어디서 가끔 듣고 읽은 것 같다. 지금 나는 그런 논리 아닌 논리를 되풀이하고 있다. 말이 좋아서 되풀이 따지고 보면 앞선 말의 흉내내기에 지나지 않는다.

지금 나는 네비게이션의 지시대로 왼쪽 오른쪽을 살피며 가고 있다. 그런데 가는 목적지가 성큼 떠오르지 않는다. 출발할 때 간다는 것에만 입력하고 어디로 어떻게 간다는 정보는 전혀 입력시키지 않았다는 것을 반성한다. 살면서 어느 한 군데도 구체적인 생활계획이란 것을 세우지 못했다는 것을 반성한다. 이런 엉거주춤한 반성인들 얼마나 오래 가고 얼마나 그럴싸하게 실현되겠는가를 생각하는데 그 가능성이란 것에 그다지 자신감이 서지 않는다.

나는 지금 무엇인지도 모르는 것에 어긋나고 있다. 처음의 생각은 시간이 지나는 사이 빛깔이 바래지거나 뜻 아닌 일이 중간에서 훼방을 놓는 경우도 있다. 한번은 뜻밖에 지인을 만나 근처의 커피숍에 둘렀다. 그 동안 살아오느라 힘들었던 이야기가 지인의 입에서 떨어지고 나는 이야기를 듣느라 눈을 끔벅거리며 귀를 기울였다. 그러는 사이 가려던 길이 점점 멀어지고 있다는 생각이 들었다. 다시 방향설정을 해야 하는 나는 지인과 헤어지면서 삶의 아픔, 삶의 먹먹함에 대해서 거듭 생각의 머리를 짚었다.

어느 철인이 쓴 글이 아니더라도 생활의 지혜라는 것에 생각이 머문다. 그것은 아무래도 철학적인 실용적인 명제를 요구하는 것 같다. 굳이 철학이라는 말을 들추지 않아도 세상을 슬기롭게 살아가는 지혜는 지인의 이야기 속에 있지 않던가. 철학이라는 것을 어렵게 생각할 때 철학은 사라지고 삶의 지혜마저 사라질 것이다. 그래 지금 쓰고 있는 이 얇은 생각이 철학일 수도 있다는 생각에 어쩔 수 없이 만족하기로 한다.

삶을 두고 아니 철학을 두고 뭐 야단스럽게 수선을 떨 일도 아닌 것 같다. 무엇을 심각하게 생각하고 있을 때 내 표정은 어떠했을까를 생각하면 피식 웃음이 나오기도 한다. 찌푸린 미간, 굳어버린 안면근육, 멀리 눈을 두고 뭣인가를 골똘히 생각하는 듯 고뇌에 찬 표정은 어떤 점 희화戲畵를 떠올리게도 한다.

지금 무엇인가를 쓰고 싶다. 살아 있다고 말하고 싶다. 누가 뭐랬나. 쓰고 싶으면 쓰고 말고 싶으면 마는 것이지 그걸 굳이 떠벌릴 일은 아니다. 그런데 지금 떠벌리고 있다. 아무리 생각해도 이건 자신감이 떨어진 탓일 것이다. 대여섯 살 쯤으로 보이는 아이가 계단을 뛰어내리면서 자신 있다고 소리치는 걸 티브이에서 본다. 그런데 나는 아직 아무것도 자신 있게 쓰지 못하고 있다.

무엇을 놀아볼까. 무엇을 해작거릴까. 나날이 가관인 나를 본다. 좀 움직여야겠다.